PHYSIOLOGIE

DU

MAITRE DE PENSION

PAR

J. Mazabraud de Solignac,

Professeur.

DESSINS DE NOS PREMIERS ARTISTES.

PARIS.

CHEZ GUSTAVE SERGOT, ÉDITEUR,

Rue de la Verrerie, 59.

—

1842.

Paris. Imprimerie d'A. Saintin, rue Saint-Jacques, 38.

INTRODUCTION.

E MAITRE DE PENSION est un type que généralement on ne connaît pas assez, et qui mérite, à tous égards, de trouver sa place parmi cette myriade de portraits qu'on dépeint journellement avec tant d'esprit et d'originalité. Ces piquants opuscules resteront, quoi qu'on en dise, comme monuments de l'époque, et les observateurs des siècles futurs ne craindront pas de se reporter en arrière, pour consulter la marche de l'esprit humain, les progrès des lumières, et pour déterminer la dissemblance qui pourra exister entre les Robert-Macaire de leurs temps, et ceux du nôtre.

Par ces sages recherches, celui qui se croit à l'abri de la censure publique, en palliant de son mieux ses fourberies, ou ses ridicules, se trouve à l'instant même démasqué aux yeux de toute une génération; et ses prétendues simagrées de loyauté et de probité n'en imposent plus au vulgaire, parce qu'il a plu à M. tel ou tel de briser l'enveloppe et d'analyser l'individu jusqu'à l'écorce.

On a pourtant négligé jusqu'ici de mettre en scène le Maître de Pension, soit par respect ou par égards. Comme je n'ai aucune considération à avoir envers ces messieurs, je ne crains pas, moi, de divulguer leurs actes; et je me crois, aussi bien que tout autre, appelé à entreprendre cette tâche, par les notions approfondies que j'ai recueillies sur eux durant le temps que je me suis trouvé en contact avec cette nombreuse classe d'industriels.

Cette esquisse n'est qu'un fragment détaché d'un grand ouvrage que je me propose de publier plus tard, sous le titre de : *Paris tel qu'il est*. Dans cette revue générale, je mettrai à nu tout ce qui s'y passe, sans aigreur comme sans enthousiasme, et l'étranger ou l'homme de province pourra consulter ce guide fidèle avec profit, et sans crainte d'être induit en erreur. J'espère que mon entreprise arrivera à bonne fin, et que le public daignera accueillir favorablement mes faibles essais, et me saura gré de mes observations.

I.

Importance du Maître de Pension.

'IMPORTANCE du Maître de Pension est aussi incontestable, de nos jours, et aussi incontestée que l'utilité de l'Académie française ; car, sans le Maître de Pension, point d'Académie possible. Il s'y rattache, non par ses talents et par ses œuvres, puisqu'il ne produit rien, et ne sut jamais rien produire, mais parce qu'il est le marche-pied, le premier échelon qui y conduit. Dans

cette hypothèse, chaque fois que le sanctuaire des arts et des sciences daigne ouvrir
ses portes à un nouveau candidat, un chef
d'établissement peut-il se rengorger complaisamment et se dire, à part lui : « Voilà
pourtant mon ouvrage !... c'est chez moi
que cet illustre écrivain, la gloire de son
siècle, a développé ses facultés intellec-
tuelles et acquis ce tact sain qui le distingue si éminemment !.. Privé de mes fruc-
tueuses leçons, que serait-il aujourd'hui ?
Incontestablement un simple agriculteur
ou un vénérable savetier ! »

Approuvé! monsieur le Maître de Pension. Oui, c'est vous qui avez tout fait, on ne vous le conteste pas!.. La nature et l'amour du travail n'y sont pour rien... **Aussi**, que de remercîments cet homme ne vous doit-il pas, si son cœur est susceptible de reconnaissance! comme il doit vous chérir, vous affectionner, vous idolâtrer!.... S'il en était autrement, et qu'il se permît jamais un oubli coupable envers vous, il mériterait la réprobation générale et, à juste titre, la potence. Nos devanciers, dans leur bonhomie, n'ont point prévu une pareille irrévérence, ce qui fait qu'elle manque d'une juste qualification dans notre langue; mais on pourrait dire, en attendant mieux, que ce serait un trait infâme!..

Réfléchissez un peu, dans votre quiétude, à tous les pains secs qu'il a digérés par vos ordres, de crainte, sans doute, qu'il ne se trouvât gêné par nombre d'indigestions!... (Sous ce rapport-là, vous êtes un homme très prévoyant.) Enumérez ensuite la prodigieuse quantité de lentilles, de haricots et de pommes de terre qu'il a englouties pendant trois cents jours de l'année qu'il a pris place à votre table !... Cette nourriture, très saine du reste, échauffe peu les humeurs, et vous l'aviez fait dans ce but ; merci de vos bonnes intentions !... N'oubliez pas, non plus, d'y adjoindre les rames de papiers qu'il a griffonnées en pensums, pour votre utilité et par vos caprices !... mais tout cela était fait sous un point de vue qui vous honore, car vous saviez que pour devenir un académicien distingué, il faut, si l'on a l'esprit obtus, savoir du moins signer son nom.

De quelque côté que le Maître de Pension jette les regards, il reconnaît partout l'œuvre de son labeur et de son dévoûment. Médecins célèbres et autres, gens de robe érudits ou ignares, hommes d'état philanthropes ou misanthropes, profonds législateurs ou automates, gens d'église continents ou incontinents, littérateurs spirituels ou sans esprit, tout lui a passé par les mains, voire même une multitude de boutiquiers, de rentiers, de portiers et de gens d'armes.

J'espère que c'est avoir du mérite, ou jamais personne au monde ne dut se flatter d'en avoir ! Tous ces hommes ont été conduits là, par la lisière, depuis l'abécédaire, en glanant dans leur course quelques phrases de latin, quelques enthymèmes logiques et métaphysiques, sous l'égide tutélaire du sagace Maître de Pension... Que de brillantes carrières n'a-t-il pas frayées ! que d'honorables positions ont été fixées par ses soins !

Eh ! l'on ose s'exclamer encore contre cette respectable et docte classe d'industriels !... convenons qu'il faut être bien ignorant ou bien méchant !... quant à moi, je les vois d'un autre œil ; et je les prie de ne pas se formaliser pour si peu : car, qui s'arroge impunément le droit de les dénigrer ? Quelques écoliers rétifs, et ces pauvres Gitanos, appelés maîtres d'études, parce qu'ils leur ont voué une antipathie, éternelle et qu'ils les exècrent de bon cœur !... Mais les mamans, bon Dieu ! elles adorent les Maîtres de Pension ; qu'ils n'oublient pas ce point ! et cette compensation doit leur être bien

agréable !... Ils sont et seront sans cesse
leur Providence, en ce qu'ils les délivrent
du lourd fardeau de leurs enfants !... Après
tout, pouvez-vous comprendre qu'une
femme qui se croit encore jeune et pas trop

fanée, qui se croit l'éternel objet des adula-

tions, qui raffole plus que jamais de spectacles, de bals, de promenades nocturnes et
diurnes, s'asservisse bénévolement à la sollicitude maternelle !.. Cet usage était tolé-
rable du temps que la reine Berthe filait !... ..
Mais de nos jours ! Fi ! la civilisation a fait
trop de progrès, et ces soins minutieux ne
sont plus dans nos mœurs actuelles !...

Parlez-moi, pour cela, d'une bonne institution, bien mûrée, bien isolée; c'est un
sanctuaire impénétrable ! Gloire au mortel
qui, le premier, conçut l'idée d'une semblable création ! Entre quatre murs, les enfants
peuvent gambader et folâtrer à l'aise,
sans craindre le choc des voitures; ils peuvent crier, sans abasourdir; ils trouvent là
leur pitence, leur demi-verre d'abondance
et un coin pour dormir. Aussi, les mamans
vivent-elles dans une tranquillité parfaite,
et une assurance démesurée.

Pour ce qui est de l'éducation, inutile
d'en parler, ce n'est qu'un but accessoire.

Eh ! puis, comptez-vous pour rien le
moment fortuné où les papas viennent

vider leurs poches dans la caisse de l'har-
pagon scolaire ? Moment qui fait palpi-
ter jusqu'aux dernières fibres du cœur ?
Quel doux tressaillement alors! Comme on
rit, comme on est verbeux !... Ces chers
enfants font des progrès si surprenants ; ils
promettent tous de devenir avec le temps
des hommes illustres ! Oh! flatteur pronos-

tic! Oh! délirant espoir! Il faudrait avoir
des entrailles bien coriaces pour enlever ces

tendres nourrissons à des hommes qui leur présagent un si bel avenir, et qui, les jours de sortie, les envoient dans leurs familles proprement peignés, passablement décrassés et le ventre creux !

En somme, j'affirme que, sans les Maîtres de Pension, pas de société bien organisée, pas de ces connaissances qui humanisent les hommes, et, surtout, pas d'Académie !

II.

Le Diplôme.

ɴ chef d'établissement, avant d'être autorisé à ouvrir sa boutique, doit se conformer aux règlements qui lui prescrivent d'obtenir un diplôme signé, côté et paraphé par qui de droit. En cela, pas plus de privilége pour lui que pour l'épicier et lo marchand de peaux de lapin. Cependant, il s'en trouve souvent qui contreviennent à ces sages mesures, pour des raisons spé-

—

cieuses, en s'établissant loin d'une mairie, dans un carrefour isolé, afin de mieux se soustraire à l'œil investigateur de la loi. Mais, bientôt, leur plan se trouve déjoué ; les honorables magistrats de leur arrondissement, ayant connaissance de cette infraction, les traquent comme des bêtes fauves jusqu'à ce qu'ils soient pourvus de la pancarte protectrice.

Se voyant, bien malgré lui, dans l'obligation de renoncer à une aussi fructueuse entreprise, que fait le Maître de Pension ? Il se rend maintes fois auprès de ces mêmes magistrats qui troublent si inopinément son repos. Il s'humilie bien bas, fléchit à toutes les exigences, et sollicite très révérencieusement la permission de continuer la carrière qu'il a embrassée, en attendant qu'un examen l'investisse du titre qu'il ambitionne. Ces bonnes gens (car tous les officiers civils ne sont pas sans entrailles), condescendent généreusement à sa prière ; et le voilà, quelques temps encore, libre de faire ânonner de petits grimauds.

Mais, sans tarder, les feuilles officielles annoncent l'ouverture des examens; on le talonne de rechef, et cette fois, plus de répit. Il doit aller faire parade de son bagage scientifique, devant un nombreux concours, pour se voir, d'après ses réponses, initié ou révoqué. C'est de ce moment-là qu'il commence à parcourir rapidement quelques

bouquins enfumés et mutilés; et gare! à

qui viendra le déranger pendant cette sérieuse préparation; car, il ne craint pas de se fâcher tout rouge, en prétextant son examen à subir, examen terrible, duquel dépend sa fortune et son avenir!

Le jour fixé arrive toujours trop tôt. Notre aspirant Maître de Pension endosse alors l'habit noir, pantalon idem, se fait cravater par sa femme, puis il place un énorme volume sous son bras, et le voilà parti sur les ailes de l'espérance. Son numéro d'inscription se fait longtemps attendre, parce qu'il s'était présenté le jour de la clôture définitive et sans remise, et, sans la force majeure qui en avait limité l'époque, il eût certainement différé cette démarche. Il se pose nonchalamment sur un banc douillet. Tout ce qui se passe autour de lui l'intéresse, et il ne perd pas un mot de ce que disent ses sagaces confrères, dans l'espérance d'en faire son profit.

Son tour arrive enfin. En entendant décliner son nom, un froid glacial parcourt toutes ses veines; et mû, comme par une puissance surnaturelle, le pauvre interpelé se dresse sur ses jambes et se dispose à satisfaire patiemment aux questions qui lui seront faites.... Est-il pénible de se voir dans la nécessité de dérouler ses connaissances à la barbe d'interrogateurs qui jouissent de votre embarras, et en présence d'Argus qui suivent tous vos mouvements! Notre candidat se laisse-t-il aussi très facilement intimider... Il répond *noir, blanc, vert,* quand il faudrait répondre *orange, pourpre, azur :* on rit de ses bévues, de ses inadvertances ; il débite des montagnes de balourdises, puis il revient tomber sur son siège, comme un sac de plomb.

De retour auprès de son impatiente épouse, il doit lui retracer le tableau de la séance. Les interrogations se croisent, s'entrechoquent; le pauvre molesté reste impassible. On redouble d'instances, on l'embrasse sur le front! Or, qui pourrait résister à un baiser sur le front!... Le Maître de Pension se met d'abord à son aise ; il revêt la redingote du négligé, remplace

les bottes vernies par les pittoresques pan-
toufles, et, après s'être étalé dans sa bergère,
il narre de la sorte ce qu'il a parfaitement
retenu :

— « Or sus, figure-toi, ma bonne amie
(c'est le terme favori du Maître de Pension,
quand il s'adresse à sa tendre moitié), figure-toi, ma bonne amie, que ces messieurs sont d'un rigorisme outré envers

nous autres, pauvres chefs d'établisse-
ments! Ils nous taillent, nous tranchent,
nous coupent, nous rognent, absolument
comme si ce n'était rien. Nous devons satisfaire catégoriquement à toutes leurs questions sans hésiter, sans balancer, sans cra-
cher ni mécher... Je te demande si notre
cerveau est un répertoire de toutes les
sciences! Mais, non, ils ne comprennent
pas cela, eux! leur unique réponse est :
Admis, ou *refusé!*... Ouf!.. Peut-on con-
cevoir quelque chose de plus désagréable!
Enfin, pour en finir, ils ont jugé convenable que je me *présentasse* une deuxième
fois ; vois jusqu'où ils poussent l'arbitraire!

— Ce n'est que cela! répond l'héroïque
épouse ; eh! mon Dieu, il ne faut pas tant
se désoler!... Je sais, sans nul doute,
qu'aucun de ces messieurs ne pourrait t'en
montrer : mais, que veux-tu? Ils ont des
charges, et ils veulent faire les importants !
c'est toujours ainsi !... Bath ! à l'avenir, tu
seras plus heureux !...

—Mais, bichette, réfléchis donc qu'il me

faut une licence; et cela, tout de suite!...
sans quoi...

— Eh! bien, nous porterons nos pénates
ailleurs!... (La femme du Maître de Pension a lu la mythologie.)

— Ne t'inquiètes pas, je saurai leur jouer
un tour dont ils ne se doutent guère! Tu
sais ce petit maître d'études, M. Précaire,
que j'ai renvoyé de notre établissement,
sous un prétexte peu spécieux?

— Oui, mon rat...

— Eh! bien, il m'a demandé à être réintégré dans ses fonctions!...

— Bien pensé, mon chéri! (Qualification
féminine.)

— Il n'est pas tout à fait dépourvu de
connaissances, et je le crois licencié, agrégé
ou bachelier, comme tu voudras, peu importe!... je suis certain qu'en lui proposant une somme d'argent, et, en lui promettant sa réinstallation chez moi, il ne se
fera pas tirer l'oreille pour comparaître à
ma place; qu'en dis-tu?...

— Oh! l'excellente idée, mon bon!...

mais tu n'en as jamais d'autres... Oui, il ne tergiversera pas, car ses finances doivent être basses !..... »

Le pauvre souffre-douleurs est appelé ; la proposition lui en est faite ! on fait sonner bien haut ces maudits arguments irrésistibles ; il se prête à la fraude, en changeant momentanément de nom et de condition, sans crainte d'encourir les galères et la flétrissure ; il revient muni de la pièce justificative, et voilà un Maître de Pension, vrai puits de sciences pour tout le monde, qui s'enorgueillit et se pavane du mérite d'autrui... Ce sont là de leurs coups !.. On salarie l'officieux serviteur ; on lui verse galment le petit verre de liqueur, et... tout est dit !...

III.

Portrait

 E Maître de Pension est
un personnage très re-
connaissable, par sa dé-
marche prétentieuse, sa
tournure empesée, sa
manière de se présen-
ter, et surtout par son élocution senten-
tieuse.

Projette-t-il une visite d'intérêt ou de civilité, il s'étudie longuement sur son canapé à savoir ce qu'il dira en entrant. Il se martelle obstinément le cerveau pour en faire jaillir quelques étincelles d'idées; puis arrivé au résultat, il ne s'agit plus que de la forme à leur donner. Il les tourne et les retourne en tout sens, jusqu'à ce que, satisfait de lui-même, son monologue lui paraisse tant soit peu fleuri... Alors, comme il triomphe!... Mais, se gardant bien toutefois de compter sur la fertilité de sa mémoire, il a recours à un papier officieux sur lequel il trace ce chef-d'œuvre d'élucubration; puis, il l'apprend par cœur, comme naguère défunt Talma apprenait ses plus beaux rôles.

Cela fait, il prescrit impérieusement qu'on lui prépare les bottes vernies, le frac des grandes parades, et l'eau de savon pour se faire la barbe; il se frotte de cosmétique, passe sur ses cheveux une couche de pommade du Lion, se regarde à la glace, se trouve beau, et envoie à l'instant chercher un fiacre (s'il n'a déjà un cabriolet); car un

homme de sa qualité ne pourrait se per--
mettre de visiter quelqu'un en se transpor--
tant comme tout le monde se transporte...
Eh! puis, qu'elle opinion n'aurait-on pas
de lui, s'il était vu, la chaussure détériorée
par la boue, et le pantalon crotté! Fi! ce
n'est pas dans l'ordre!...

Le véhicule conduit à proximité, le chef
d'établissement l'atteint, en marchant sur
la pointe du pied; il s'élance dedans; et
fouette, cocher!... Il a pris tacitement ces
mesures, dans la persuasion où il est, que,
si son absence venait à être soupçonnée,
il n'y aurait plus d'ordre à espérer dans sa
maison; tant il sait que sa présence est
tout!... Aussi répète-t-il à qui veut l'entendre, qu'il n'est que l'œil du maître pour
voir, sa voix pour imprimer la crainte et son
nom pour terrifier les rebelles... Seul, il
vaut tous les régents des universités de l'Europe et tous les bacheliers présents et futurs!.. Oh! le grand homme!...

Le Maître de Pension se fait cérémo-
nieusement annoncer; on l'introduit; et,

au premier abord, il se confond en sala-
malecs, sans oublier, pendant ce jeu scé-
mique, de réciter avec emphase les lignes

pqu'il cherche à se rappeler. On l'écoute
comme jadis on écoutait la Sybille de Cu-
mes. Il s'aperçoit bientôt que son verbiage

produit de l'effet, enhardi par ce succès inespéré, il se permet tout à coup le calembourg, le coq-à-l'âne et le néologisme... Il est à peindre, à croquer ! On le prie instamment de s'asseoir; on veut le faire rafraîchir; il refuse tout, et pour cause ; il est au bout de son rouleau. Que faire, alors ?... il prétexte poliment une occupation indispensable, une affaire qu'on ne peut remettre ; et l'on se laisse fléchir, en manifestant le regret de ne pouvoir posséder plus longtemps l'aimable directeur... Lui, satisfait de son babil et de son aisance en société, s'éloigne, en se frottant les mains, tout rayonnant de sa supercherie.

Rentré dans ses foyers domestiques, il ne manque pas de dépeindre à sa charmante épouse l'ignorance des personnes qu'il a vues, l'ennui de paraître en public, et la monotonie des conversations.

Comme le Maître de Pension tient aux mœurs, non pas pour lui, mais pour tout ce qui l'entoure, il feint un rigorisme outré sur ce chapitre... Ne vous avisez pas, dans nulle conjoncture, de parler en sa présence de livres un peu hétérodoxes, d'entamer le chapitre des femmes ou de faire suinter le charme des plaisirs ; vous ne seriez plus bon à pendre !... Pour lui, c'est différent ; il s'en est réservé le monopole exclusif, à tout seigneur, liberté absolue. En ce cas, quiconque l'approche doit n'avoir ni sens, ni désirs, ni pensées, ni volonté ; vivre en automate, et au niveau de la brute qu'on nourrit pour exploiter son labeur. Sans quoi, gare ! vous seriez un des moteurs du bouleversement social !...

Le Maître de Pension contracte peu l'habitude de fumer ou de priser, sans doute pour faire preuve de beaucoup de réserve, et d'une fermeté d'âme au-dessus de la commune. Il profite même de l'à-propos pour faire éclater sa répugnance contre de si vils penchants ; et souvent, on a vu une pipe ou une tabatière être un cas irrécusable d'exclusion. Notez que pour lui c'est scandale et oubli des convenances.

Rarement, pour ne pas dire jamais, le

Maître de Pension daigne-t-il admettre à sa table ses professeurs, qui lui sont pourtant d'un si grand secours. A son sens, ce serait les assimiler à lui, et leur accorder trop de prépondérance. Il vaut mieux les intercaler parmi les élèves, tout en les faisant servir à part. C'est très convenable, pour des gens comme eux. Mais, jamais une bouchée de plus, ni de mets assaisonnés différemment. La même chaudière nourrit en commun les maîtres, les domestiques et les élèves. A lui seul la prérogative d'avoir un fourneau réservé.

Le chef d'établissement ne paraît que de loin en loin au milieu de ses subalternes ou vasseaux, et j'en connais bon nombre qui feraient très sagement de ne se montrer jamais. Quand il se porte à semblable procédé, c'est presque toujours, n'en doutez pas, pour annoncer quelque revirement d'idées et faire part de ses lubies nouvelles : on se conforme passivement à ses ordres ; tout se dérange, se bouleverse ; chacun crie à l'absurde ; mais, le maître l'a voulu,

pque sa puissante volonté s'accomplisse !...
 Ainsi soit-il !...

IV.

Admission d'un Élève.

L'ÉTUDE de tous les ins-
tants du laborieux chef
de Pension est d'em-
ployer la série des ex-
pédients connus ou in-
connus, afin de récolter
une abondante moisson d'élèves. Tous les
ressorts de son imaginative sont mis en

jeu, d'après le système de ses innombrables confrères, les industriels. Dans ce but, il se rend régulièrement tous les mois une fois dans les bureaux d'un rédacteur de journal. A quelque chose intrigue est bonne. Il expose le moins obscurément possible le sujet de sa visite. On accède à ses vœux. Mais, pour la fabrication d'un article louangeur et les frais d'impression, on lui propose des conditions trop onéreuses pour sa bourse. Notre honorable débat ses intérêts avec feu, comme s'il s'agissait de provisions à acheter. On finit par s'entendre ; et, le lendemain, les abonnés lisent, entre deux annonces de chiens perdus, que la maison de M. un tel a fait admettre tant d'élèves à l'école de marine, tant à celle des Mines, tant à celle de Saint-Cyr, etc. Qui ne se laisserait persuader par des succès aussi éclatants !.. Oh ! l'admirable moyen que la publicité, pour achalander une maison !... Pendant qu'on dort profondément, tout le monde est instruit que M. Tel est Maître de Pension, établi telle rue, tel numéro, et que, moyennant des espèces sonnantes, il trempe la soupe à tous les enfants, grands et petits, qu'on veut bien lui confier!...

Cette pompeuse publication amène quelquefois de ces bonnes gens, comme on en rencontre dans tous les siècles, qui s'attachent plutôt aux mots qu'aux faits. Que voulez-vous? La glu était si artistement entourée de feuilles de roses, que de plus clairvoyants s'y seraient laissés prendre. On vient annoncer un pensionnaire. Notre homme, après les civilités d'usage, s'empresse d'initier les nouveaux venus dans tous les menus détails de sa maison. A l'entendre, tout se trouve dans un état rassurant de propreté et de prospérité; on n'a rien négligé pour assainir les localités; eh le bon ordre donc!... oh! pour cela, c'est la maison modèle! Mais, comme on doit se prémunir contre les propos des charlatans qui fourmillent de toutes parts, et qu'il tient à acquérir une confiance sans bornes, il exige qu'on inspecte, en sa compagnie, tous les coins et recoins de l'institution.

D'abord on parcourt les lieux destinés aux récréations. On n'oublie pas de faire remarquer qu'on a poussé la précaution jusqu'à ne laisser ni pierres, ni gravier, afin que les élèves ne se procurent aucune arme propre à occasionner des blessures; on énumère avec avantage la précieuseté de quelques arbres étiolés, durant les brûlantes chaleurs de la canicule. Oppose-t-on la rigueur des hivers? il répond emphatiquement que sa cour étant située au sud, il ne perd pas un seul rayon de soleil. Du reste, jamais de boue, jamais d'humidité. Cette topographie amplement détaillée, on passe aux salles de cours et d'études.

C'est là un chef-d'œuvre de disposition, pour l'aisance et la commodité. Les tables sont à pupîtres, afin que chaque élève enferme soigneusement ses livres et ses papiers. Les bancs y sont adaptés, par amour de l'ordre. Des casiers couvrent les murs, pour que nos apprentis Voltaire ou d'Aguesseau n'aient qu'à tendre le bras, sans se déranger. Des lampes ou quinquets sont appendus de distance en distance, et ne donnent communément qu'une clarté douteuse (ce qu'il se garde bien d'avancer). Mais si, par un hasard incompréhensible, il a suivi la fusion de l'esprit humain, c'est-à-dire, s'il fait arriver le gaz jusque-là, oh! alors, c'est le premier établissement de l'Europe; nul, avant lui, n'avait eu cette idée!... Il se pose carrément sur ses jambes comme l'illustre don Quichotte, se disposant à faire une guerre à mort à d'innofensifs moulins à vent; il pérore sur le sublime de la découverte, une rapsodie qu'il trouva jadis toute prête dans un délicieux rapport de l'Académie des sciences, et, d'un commun accord, tous les auditeurs sont forcés de convenir que cet homme a raison.

Suivons-le maintenant au réfectoire et à la cuisine. Il ouvre bruyamment la porte, en élevant la voix, afin que tous les marmitons déposent respectueusement, en sa présence, leurs bonnets crasseux. C'est le mot d'ordre. Il remue les chaudrons et les casseroles, pour en montrer le brillant et

le poli; il tire de dessous la table un énorme
panier de carottes et de navets, sans doute
pour confirmer le proverbe : qu'on n'en-
graisse pas les..... écoliers avec de l'eau
claire; il affirme qu'on ne consomme dans
sa maison que des viandes saines et quantité de volailles; (il n'ose pas dire, toutefois, de poissons, car chacun sait trop bien
que les arêtes ne nourrissent guère). Mais
ses potages sont mitonnés, et ses patisse-
ries abondantes et variées. Ces éclaircisse-
ments suffisamment goûtés, on se rend au
réfectoire qui est adjacent.

C'est là un des lieux les plus importants
de l'établissement. On sait que pour travailler avec fruit, il faut manger et digérer,
cas prévu par tous les traités d'hygiène.
Cependant quand on veut que la coction
s'opère bien, on ne doit pas se surcharger
l'estomac de mets nuisibles, inconvénient
que l'on élude à souhait, en tenant table
le moins de temps possible. On ne permet
jamais de chuchoter avec ses voisins, et
surtout, de rien emporter en sortant, pas

même une bouchée de pain, sous le prétexte que ces étourdis d'écoliers pourraient
l'émietter, le perdre ou le réduire en bou-
lettes.

Maintenant poussons une reconnaissance
à la lingerie et aux dortoirs. Les vêtements
de tous nos futurs grands hommes sont éti-
quetés, numérotés et déposés dans des
cases à ce sujet. Une femme qui approche
de la soixantaine, a la charge de les épous-
seter, les brosser ; et cette fonction n'est pas
la plus douce de l'établissement. Le dortoir
n'est qu'à deux pas ; on ne peut se priver de
la satisfaction d'un si beau coup-d'œil. Les
matelas sont durs et bas, parce qu'on ne
doit point habituer les enfants à la molesse.
Les coussins sont imperceptibles. Mais, au-
dessus, les classiques bonnets de nuit dres-
sent majestueusement leurs houppettes, et
semblent diminuer leur maigreur. On paraît content. On descend dans le cabinet du
complaisant cicérone, et l'on règle le mon-
tant de la pension.

Le chef d'établissement a assez fait pour

sa gloire, au tour maintenant, de son aimable compagne. Il sonne pour qu'on la
fasse venir... elle, habituée à ces simagrées,
ne se fait pas attendre ; elle arrive, en fré-
tillant, et soudain se déhanche en contorsions à faire pâmer de rire un moribond.
On répond convenablement à tant de grâce ;

puis, les formalités échangées, elle jette un

œil de convoitise sur le bien-venu, qui lui
promet de faire un peu mieux bouillir sa
marmite.

— Monsieur a parcouru notre établissement ? dit-elle d'un ton mielleux.

— Oui, madame, répond le père, oncle
ou tuteur, de haut en bas, et de bas en
haut.

— N'est-il pas vrai que tout est bien dis-
tribué pour une maison d'éducation ?...

— Parfaitement, madame !...

— Vous ne sauriez vous figurer, monsieur, que de dépenses il a fallu nous impo-
ser pour en venir à ce point ! Tout a été
bouleversé, changé, renouvelé... avant
nous, cette maison n'était pas habitable ;
on eût dit des ateliers... C'est-il juste, mon
chat ?...

Le Maître de Pension prend une attitude
persuasive.

— Oh ! pour cela, c'est la vérité, re-
prend-il ; et, plusieurs milliers d'écus sont
engloutis dans ces maudites répara-
tions !...

— Voyez, monsieur, quels sacrifices !.. mais avant de recueillir, il faut semer...

— C'est très logique ce que vous dites-là, madame...

— Monsieur nous reste comme interne ?

—Oui, madame ; le prix de la pension est abordable ; on peut..... surtout, je vous prierai d'en prendre un soin tout particulier...

-- Rassurez-vous , monsieur ! Tous les enfants commis à notre sollicitude reçoivent les mêmes égards ; et jamais, que je sache, nous n'avons encouru le plus petit reproche !.. Hé ! bien, mon petit ami, serez-vous bien sage, bien docile ? vous conformerez-vous à tout ce qu'on vous prescrira de faire ?... Il faudra encore être très poli !.... car, voyez-vous, monsieur, nous tenons singulièrement à cette habitude... Vous ne me dites rien ?..

— Oui !.. répond l'élève la figure pourpre et les yeux baissés.

— C'est un peu de timidité, il se formera... Est-il intéressant, cet enfant !.. an-

nonce-t-il des capacités!... voyez ses gro
yeux, sa jolie bouche, sa gracieuse tour
nure! Oui, nous en ferons un sujet! (On n
dit pas lequel.)

— Je le désire, madame...

— Viens, mon gros, viens! je vais te
conduire parmi de charmants petits gar-

çons; tu joueras avec eux, tu sauteras;
oh! que nous allons nous amuser!... Je te

:onnerai des confitures.... des montagnes
e sucre !... C'est si bon tout cela !... Monsieur, je vous présente mes respects...

· — Madame, je suis votre serviteur...

· — Tranquillisez-vous en tous points sur
lootre enfant.

Elle fait une révérence inconnue jusque-
là, puis s'éloigne...

Resté seul, le Maître de Pension, remercie la Providence de lui avoir donné une
épouse qui, le cas échéant, sait si bien le
tirer d'embarras. Il fait son panégyrique,
in petto, et c'est bien le mortel le plus heureux des mortels !...

V.

Une Garde.

u moment où
le bienheureux
chef d'institu-
tion se com-
plaît dans ses
douces exta-
ses, arrive un
trompette de la garde nationale qui lui présente un billet de garde! Car, voyez-vous,

le chef d'institution est considéré comme
citoyen ; il dort, il boit, il mange, aussi
bien que les autres ; à ce titre, point
d'exemption. On voulait, dès le principe,
l'incorporer dans les troupiers pousse-cail-
loux. Mais lui, qui reconnaît son mérite et
sa puissance, se refusa opiniâtrement à cette
injonction, et de rage, acheta la défroque
d'un hussard de la garde. Il aime mieux
louer chaque fois une haridelle qui le porte,
que de piétiner les boues de Paris.

Son billet est daté pour le samedi sui-
vant, et il est de garde au château ! C'est
de l'honneur ! Mais lui, qui préfère le repos et son potage mitonné, s'emporte en
invectives contre les mal-intentionnés qui
troublent si inopinément sa somnolence.
« — Comment, s'écrie-t-il, ces messieurs
ont assez peu d'usage, pour ne pas comprendre que moi, chef d'institution, je suis
indispensable dans mon établissement ? Ils
ne savent donc pas que le samedi j'ai des
notes à lire, des bulletins à envoyer aux
parents, et des billets de sortie à signer

pour le lendemain ! Il faut être bien arriéré ! Et cette infraction aux convenances
ne dénote pas en leur faveur ! Exécrable
trompette, va ! La monnaie que je te don-
nerai ne te brûlera pas les doigts !

Dans son emportement, il épuise le répertoire des jurons de ses bilieux confrères.
Les saprelotte, les sac–à–papier, les fichtre,
se pressent sur ses lèvres ; puis, tout-à-
coup il se calme comme une giboulée de
mars.

Le fatal samedi arrive. Le Maître de Pension endosse son vieil uniforme de hussard,
et le voilà transformé en héros. Il s'approche
cent fois de la glace pour s'admirer ; sa
prestance martiale l'effraie : que sera-ce
donc pour les autres ! Aux oreilles de tout
ce qui l'entoure, il fait sonner le sabre
vierge qu'il vient de ceindre ; il a appliqué
d'énormes moustaches sur sa lèvre supé-
rieure ; les monstres les plus formidables
doivent frémir à sa vue !

Il se rend un des premiers au poste, pour
donner de lui l'opinion qu'il est un zélé dé-

fenseur de nos droits et de nos libertés. A
tant de dévouement, il joint beaucoup de
bavardage, moyen précieux d'attirer l'attention. On l'approche de toutes parts. A
l'épicier qui ne connaît que la mélasse et
la chandelle, il parle d'Alexandre, de César
et de Gengis-Kan. Il raisonne philosophie
avec le marchand de vin qui s'entend beaucoup mieux à remuer ses brocs et ses bou-
teilles. Il fait une interminable dissertation
sur la Chine, la Cochinchine et le Kam-
schatka, au misérable ferrailleur qui n'a
jamais vu que ses montagnes et Paris. Enfin, pour terminer la série, il analyse le
mouvement des planètes, à des hommes
qui ne connaissent même pas le pays qu'ils
habitent. Et, notez que tout ceci est entre-
lardé de citations latines et de mots de sa
fabrication... Alors, oh! alors, tout le poste
à l'unanimité s'écrie au prodige! On ne
peut s'expliquer comment un si beau génie
n'est pas ministre ou député; c'est une in-
justice à joindre à tant d'autres! Car cet
homme seul pourrait faire baisser pavillon

à tous nos ennemis les plus acharnés !
Voyez pourtant l'influence de quelques mots
de latin !...

Pendant ses deux heures de faction,

notre guerrier improvisé a vu des bandes d'émeutiers, de révolutionnaires, passer à son nez et à sa barbe. Il a compris leurs intentions hostiles; il a entendu leurs propos sanguinaires, et, s'il n'eût fait bonne contenance, le poste était égorgé, la patrie compromise, et le gouvernement constitutionnel à deux doigts de sa perte! Quel citoyen précieux que le chef d'établissement! On devrait bien, pour la sûreté générale ne former des légions que de Maîtres de Pension!... Comme nous pourrions mollement nous goberger entre nos draps!... Pas une souris n'oserait trotter à une heure indue, pas un chat ne miaulerait sous la gouttière du voisin! Ce serait un pays envié de toutes les nations barbares et policées.

Le héros directeur ne borne pas là ses exploits et ses aventures. En descendant sa garde, il n'a rien de plus pressé que d'informer madame son épouse de toutes les particularités que lui suggère son imagination. Il a déjoué tous les projets des républicains passés, présens et futurs... Elle, toute stupéfaite, le regarde, l'écoute, ne peut en croire ses yeux ni ses oreilles, profondément convaincue qu'il n'est guère intrépide de son naturel. Pourtant elle finit par ajouter foi à ses belles prouesses; car, les femmes ont toujours un grand faible pour leurs maris... Heureux le mortel fortuné qui sait le comprendre ou le deviner!...

Brave Maître de Pension, va! que d'actions de grâce ne te devons-nous pas!... Tu mérites l'étoile de l'honneur aussi bien que le sabotier, ton voisin, et le marchand de balais. Si l'on te frustre de ce droit, crois-moi, porte ta plainte au tribunal de l'univers, et chacun te répondra authentiquement que tes prétentions sont légales et modestes!...

VI.

Réception d'un Employé.

Si le chef d'établissement manque d'un employé, domestique ou professeur, ne croyez pas qu'il soit embarrassé le moins du monde, pour se le procurer, non ! Il sait où l'on en trouve de tout faits, tout développés et tout nourris. Il a dans sa manche un habile recruteur, tout disposé à faire preuve de philanthropie, pourvu qu'on lui fasse espérer une forte rétribution. Ces deux hommes s'entendent comme larrons en foire, en partageant entre eux les fonds prélevés sur les maigres émoluments du pauvre coureur de places.

Le chef de pension formule-t-il une demande? l'autre qui est toujours pourvu, en homme qui s'entend au commerce, lui étale sous les yeux des listes d'une longueur indéterminée. « —Vous le faut-il, dit le raccoleur, grand, petit, jeune, d'un âge mûr, blond, brun, roux, nez ordinaire ou nez avantageux, barbe au menton ou sans barbe? choisissez; j'en ai pour tous les goûts !...

Le choix fait, ce Robert-Macaire pur sang, met une grande célérité à servir son affidé Bertrand. Il expédie aussitôt un billet salement griffonné au misérable patient qui, dans ce moment-là, examine les mouches volant sur ses carreaux, et les toiles d'areignée qui tombent en réseaux de tous les coins du plafond. Il a le temps de réfléchir sur l'avantage de naître, et celui, plus grand encore, de vivre parmi des êtres que l'égoïsme a rendu barbares. L'élégante missive parvient enfin à son adresse. Notre

reclus, léger comme un homme à jeun, et

pressé par l'illusion, franchit l'espace avec
la rapidité de la gazelle, et voilà nos inté-
ressés en colloque particulier. — « Monsieur, dit gravement le fournisseur, il se
présente une place analogue à la demande
que vous avez formulée, chez un de mes
amis intimes, un galant homme, je vous
assure, et dont vous serez glorieux d'avoir
acquis la confiance. Je vous ai puissam-
ment recommandé auprès de lui ; et j'ai la
douce espérance que vous serez agréé, et
la satisfaction de vous avoir été utile.

—Ma reconnaissance égalera vos bontés,
monsieur.

— C'est cela ; je vois que vous êtes rai-
sonnable !... Prenez cette lettre d'introduc-
tion qui parlera encore en votre faveur...

— Quel honnête homme ! se dit tout bas
l'aspirant professeur, il en est peu d'aussi
humains, d'aussi sensibles !...

— Mais, vous conviendrez, monsieur,
que toute peine mérite salaire, et que chacun doit vivre de son industrie, comme le
prêtre vit de l'autel, l'ouvrier de son travail

et le négociant de son commerce. De même,
est-il juste que je sois indemnisé de mes recherches et de mes démarches. Je m'alloue,
sur chaque placement, une prime modique,
en raison du service que je rends, prime
qui me met à même de continuer, à l'avenir, mes bons offices aux personnes qui en
ont besoin.

— Fichtre!... dit dans son ame le pauvre
diable, je m'étais trompé sur le compte de
cet homme! Il est juste, ajoute-t-il d'un
ton de voix plus haut, mais peu assuré, que
votre libéralité obtienne sa récompense;
c'est ce que je me propose de faire d'une
manière convenable.

— Je vois que nous nous comprenons on
ne peut mieux. Alors, monsieur, daignez
acquitter votre inscription.

— Je ne dois pas vous dissimuler que les
revers, le malheur, m'ayant mis dans la
triste nécessité de recourir à un emploi, je
ne puis satisfaire à votre demande.

— Ha!...

— Mais, connaissant l'honorable direc-

teur auquel vous m'adressez, votre garant...
n'est pas douteuse.

— C'est que voyez-vous, monsieur, tou...
les hommes ne sont pas dignes de foi, au...
jourd'hui; ils font de belles protestation...
puis, tiendra qui pourra! Cependant, e...
égard à votre position, je consens à m...
laisser toucher encore une fois (quelle gé...
nérosité!) Je vous déclare mon débiteu...
d'ici à la fin du mois : ce délai écoulé, ...
vous n'avez pas liquidé la reconnaissanc...
que vous allez signer, j'aurai recours ...
votre chef d'établissement; c'est entendu...

— Avant, spécifions bien toutes no...
clauses; si pourtant je ne restais qu'u...
mois chez lui, ou moins de temps encore? ...

— Je n'entre pas dans toutes ces suppo...
sitions... Je vous place, vous devenez mo...
débiteur !

L'humble postulant se soumet à toute...
les conditions qui lui sont faites, puis il s...
dirige vers l'autre industriel qui l'attend. ...

Pendant le trajet, il se demande à lui...
même ce qu'il répondra aux questions d...

vivant directeur... Il sait bien qu'il ne restera pas dans l'embarras ; mais le point es-
sentiel est de pincer la corde sensible... Il
a appris, par ouï-dire et par pratique, que
cette classe d'hommes était traitable quand
on l'élevait aux nues : la flatterie est donc
le nerf qu'il doit faire vibrer.

Il entre nanti de son chiffon de papier.
La vénérable concierge qui ne veut rien

ignorer, lui fait une foule de questions plus

déplacées les unes que les autres; il ré[ ]
pond modestement à toutes, puis on l'in[ ]
troduit.

— Que désire, monsieur, dit le Maître [ ]
Pension d'un ton brusque et hargneux[ ]
car, avec des subalternes, on peut se dis[ ]
penser de tous frais d'urbanité !

— Je vous présente mes hommages[ ]
monsieur le directeur, et je viens de la part[ ]
de M. l'Écornifleur vous offrir mes ser[ ]
vices... Voici une lettre de sa main que je[ ]
dois vous présenter.

— Ah ! très bien !... Y a-t-il longtemps[ ]
que vous êtes dans l'enseignement, mon[ ]
sieur ?...

— Cinq ans passés...

— Hum ! Quelles classes avez-vous pro[ ]
fessées ?...

— La septième, sixième et cinquième. [ ]

— Vous avez enseigné dans de forte[ ]
pensions ?

— Trois colléges communaux.

— Alors, vous devez expliquer imper[ ]
bablement les auteurs de l'antiquité ?

— Je suis tout prêt à vous satisfaire sur ce
point.

— Voyons !... j'ai là un Homère qui me
tombe sous la main : *Ad aperturam li-
bri !....*

— « Les adieux d'Hector à Androma-
que. »

— Joli passage, ma foi !... c'est un des
plus saillants morceaux du poème !

Le candidat lit quelques phrases avec
un sang-froid digne de remarque. Le chef
d'établissement qui n'y comprend, non plus
qu'au sanskrit ou au syriaque, dresse l'o-
reille en connaisseur, et dit d'un air de ju-
bilation :

— Assez, monsieur, assez !... je vous
juge capable d'enseigner !... Vous êtes, je
n'en doute nullement, investi du titre de bachelier ?...

— Voici mon diplôme.

— C'est à merveille !.. Je vous dirai que
momentanément vos fonctions seront assez
douces... vous serez chargé tout simple-
ment de la surveillance des plus petits en-

fants, de ceux qui apprennent à lire... plu[s]
tard, je vous confierai un emploi à la hau[s]
teur de vos connaissances..... Attende[z]
pourtant !.. comme je ne décide jamais rie[n]
sans consulter madame la directrice, j'ai b[e]
soin de sa sanction.

Madame la directrice entre, les cheve[ux]
en tire-bouchons, et un tablier de cuisini[ère]
autour des reins. Elle scrute d'un œil fauv[e]
la mise, la tournure, et toutes les pulsa[a]
tions du cœur du pauvre postulant ; ell[e]
fait une petite moue dédaigneuse et sembl[e]
hésiter à se prononcer.

— Monsieur nous est envoyé par not[re]
ami l'Écornifleur, dit enfin le mari ; qu'e[n]
penses-tu, bichette ?

— Mais, mon ami, tu sais bien que [tu]
as arrêté le jeune homme qui est venu c[e]
matin !...

— Moi !... du tout, du tout !... j'ai pri[s]
du temps pour réfléchir, et je dois l[ui]
écrire !...

— Consulte tes souvenirs et tu verras q[ue]
j'ai raison.

— Alors, je ne sais plus ce que je dis, je ne sais plus ce que je fais!... Après tout, monsieur a un diplôme au grand complet, et l'autre n'a qu'un brevet de troisième degré...

— Réflexions tardives! tu dois tenir ta promesse...

— Mon cher monsieur, je suis bien mortifié de cette coïncidence, mais décemment je ne puis me rétracter... A une occasion plus favorable! N'oubliez pas surtout de venir me rendre visite de temps en temps; je penserai à vous... »

Le pauvre diable se retire tout honteux, l'oreille basse, et revient conter sa mésaventure à l'écho de son humble réduit.

Ne croyez pas qu'il fût question d'employé retenu d'avance, non; mais le directeur en jupons n'a pas jugé convenable de donner son approbation à celui-ci, et son véto a force de loi.

Plusieurs sont ainsi inhumainement éconduits, jusqu'à ce qu'enfin le hasard en conduise un tout à fait du goût de madame..9

Alors, on l'accueille moins froidement ; on ne
lui détaille de point en point les attributions
de sa charge, ses obligations envers ses su——

qpérieurs et les parents des élèves; on l'invvestit solennellement de ses pleins pouvvoirs, puis il commence à ramer le boulet.

VII.

Visite à l'Étude.

Dans ce chapitre, le Maître de Pension doit être considéré sous deux points de vue bien distincts. Nous examinerons d'abord le rébarbatif chef d'établissement ; ensuite, au revers de la médaille, le débonnaire directeur. Ces deux types offrent un contraste frappant et rare.

Le rébarbatif est un de ces êtres bizarres que la nature jette sur la terre pour torturer tout ce qui doit ployer sous leurs lois, comme elle y jette, sans égard, tous les animaux malfaisants. Jamais il ne trouve rien à sa place, rien qui soit dans l'ordre, en un mot, rien à louer. Sa contradictoire manière de voir est que tout pourrait aller mieux, sans considérer que le pire est possible.

Veut-il s'assurer par lui-même de ce qui se passe ? La première idée qui point dans son cerveau est le besoin de réfuter, blâmer, condamner ce qu'il verra; la deuxième, d'accabler de reproches le misérable paria qui s'exténue à bien faire. A la plus légère infraction, réelle ou supposée, il se déchaîne en injures, prétendant, sans doute, par-là, stimuler le zèle et mettre un frein à la licence. Erreur..... l'employé profondément convaincu qu'il remplit sa

mission en conscience, ne fera pas davantage, et même il se rebutera insensiblement,
dans la pensée qu'on n'accorde qu'ingratitude à tant de dévoûment.

Avant de se montrer, cet intraitable lutin
rôde autour des portes sur la pointe du pied,
guette, épie la chûte d'un livre ou un cra-
quement de banc. Quand tout paraît tran-
quille, il s'introduit furtivement, dans l'intention de surprendre son monde. Son œil
embrasse toute l'étendue à la fois. Rien
ne bouge, chacun travaille assidûment de
son côté. Mais, comme il lui faut un prétexte, plausible ou non, pour faire entendre
son beau ramage, il finit par découvrir un
écolier qui, n'ayant pas eu la précaution
de cacher son griffonnage, s'exerce à dessi-
ner au pastel!... Quel crime irrémissible !!
quel mépris des statuts en vigueur !.. Alors,
ce n'est plus un homme; c'est quelque
chose de hideux, d'anomal, d'amphibie,
une bête carnassière. Il se garde bien, toutefois de sermonner le coupable écolier, non,
il a trop peur de le perdre; il s'en prend

iñirectement au malheureux maître d'étude
qui, n'étant pas un Argus, doit être le *Soli-
vaire* qui voit tout, entend tout et sait tout.

Il s'approche subitement de la chaire ; sa
pose offre le tableau parfait de celle de l'an-

mnropophage, se disposant à boire le sang
de sa victime et à dévorer ses chairs :

— Comment, monsieur; vous tolérez unn
pareil abus, un semblable déréglemenㅁ
chez moi ! Vous souffrez qu'un élève !...

— Pardon, monsieur le directeur !.....
Mais, je puis vous certifier que je ne m'enㅁ
étais point aperçu...

— Hé ! que faites-vous ici ? de quelle utilitéㅁ
m'êtes-vous donc ?... En vous confiant ce
poste, je prétendais, monsieur, n'avoir ja--s
mais la moindre réprimande à vous adres--ㅁ
ser... Remplissez-vous mon but comme j'é-
tais en droit de l'espérer ?...

— J'y mets toute l'attention désirable.

— Taisez-vous ! vous n'êtes pas dignㅁ
d'un rang aussi élevé ! et cependant, quiㅁ
remplacez-vous ici, si ce n'est moi !... Unㅁ
tel état de choses ne peut durer !...

— Mon étude est pourtant calme et si-
lencieuse.

— Vous n'avez pas le mot à répondre !....!
Qu'est-ce que c'est qu'un monsieur commㅁ
vous, qui se permet des observations !....!
Voyons ! soumettez-moi le cahier de récita-
tation... Comment !... vous appliquez deㅁ

nnotes à tort et à travers! vous favorisez de
très bien des élèves qui n'ont jamais récité
une leçon convenablement!.... Mais à quoi
pensez-vous donc? Vous ne savez pas lire,
monsieur, vous ne savez pas lire!...

— Ils m'ont satisfait aujourd'hui...

— Ce n'est pas possible! Ils vous auront
bredouillé quelques mots incompris, et
vous aurez jugé cela du savoir!... Quand
on est incapable d'occuper un poste, on se
retire, monsieur!...

Oh! l'aimable homme! qui, non content
de brusquer ses professeurs, maltraite encore sa femme!... Va, ne crains rien, quand
tu mourras, on gravera sur ton mauso-
lée :

> Ci-gît qui ne fut guère tendre,
> Un être sans foi sans pitié ;
> Son trépas se fit trop attendre
> Pour les *Pions* et pour sa moitié!..

Laissons cet énergumène regagner sa
tanière, et passons au débonnaire Maître de
Pension ; le lecteur en a besoin. Celui-ci
est beaucoup plus réservé, beaucoup plus

abordable que l'autre. Il exige néanmoins
que tout suive une marche conforme, régulière ; mais, au besoin, il se prête volontiers

à la circonstance, et se sent tout glorieux

de sa coopération. Il évite avec beaucoup de soin d'aigrir son caractère, parce que la moindre émotion le fatigue, le plus petit emportement le rend malade, et le bruit lui agace les nerfs. C'est avec des démonstrations de civilité qu'il aborde quelqu'un, et il ne paraît au milieu de ses élèves que le chapeau à la main. Généralement on le redoute peu, et nul cependant ne voudrait le peiner.

Quand il entre dans la salle des études, il va droit au pauvre pédant que les écoliers qualifient du sobriquet de *Pion*, diminutif d'*Espion*, et lui demande à voix basse s'il est content de ses élèves.

— En général, tout va bien, répond ce dernier; il s'en trouve pourtant contre lesquels j'aurais quelques griefs...

— Ah! que voulez-vous!... dès l'instant que la masse va, à peu près, on peut passer sur bien des choses.

— Ce grand élève que vous voyez au bout de la table travaille peu, se tient mal et dort souvent.

— Pendant qu'il dort, il ne dérange personne.

— Cet autre, plus près, est d'une insolence dont rien n'approche... Il faut bon gré mal gré qu'il ait toujours raison !..

— C'est un défaut d'éducation domestique.

— Je surprends souvent mon voisin à lire des romans, des journaux qu'il tire de je ne sais où. A mon injonction, il les cache docilement, pour les reprendre l'instant d'après.

— Je conçois que cette lecture ait plus d'attrait que les termes embrouillés des sciences ; car, convenons, entre nous, que ce n'est point ce qu'il y a de plus gai.

— Celui qui est en face de moi réserve toujours son pain du déjeuner pour le manger pendant l'étude.

— Que voulez-vous !... tant qu'il a la bouche pleine il ne peut guère converser.

— Il en est tout au plus trois que je pourrais dire laborieux et studieux.

— C'est une qualité rare chez les enfants.

— Du reste, tout suit une marche à peu près régulière.

— C'est le principal... Écoutez ! toutes les fois qu'il n'y aura pas un bien grand désordre dans votre étude, que chacun se comportera de manière à ne pas encourir votre blâme, ne vous donnez pas trop de mal !... S'ils n'apprennent rien, à qui la faute ?.. Nous leur parlons raison, c'est à eux de mettre nos conseils à profit... Croyez-moi, ne vous tournez pas le sang !.. Qu'ils soient, après tout, un peu plus ou un peu moins instruits, il ne vous en sauront pas meilleur gré !...

— Nous savons, monsieur, que l'ingratitude est le partage des écoliers...

— C'est pour cela !... Prudence et persévérance !...

— Je ferai de mon mieux... Au revoir M. le directeur !...

Voilà deux hommes satisfaits de s'être vus. L'un emporte l'estime de son subal-

terne, et l'autre a acquis la certitude qu'on
lui sait gré de son zèle à remplir dignement
sa mission.

VIII.

Semonce.

 HAQUE professeur est tenu de faire un rapport circonstancié sur l'application, la conduite et les progrès de ses élèves, et cela toutes les semaines. Ils doivent encore y mentionner la paresse et les imper-

tinences, matière qui seule tiendrait plus
de place que tout ce qui précède, si l'on se
montrait entièrement impartial. Mais l'é-
goïsme et l'amour-propre en atténuent souvent l'énormité et la noirceur. Ces notes sont
lues publiquement ; elles attirent quelques
observations flatteuses pour un petit nombre, et des admonitions virulentes contre
quelques autres. Pourtant elles sont sans
influence pour les récompenses futures.

Afin, toutefois, que les élèves n'y attachent
pas une nullité absolue, lorsqu'un récalci-
trant se permet des infractions trop mani-
festes, le directeur le fait appeler dans son
cabinet, bien résolu de le sermonner, de
crainte que son exemple ne propage la contagion. Un domestique est délégué pour cet
office, et le turbulent écolier quitte sa place et
sort, sans daigner en requérir l'autorisation.

Arrivé à la porte du cabinet, il hésite
quelque temps, convaincu qu'il va rece-
voir le salaire de sa conduite divulguée ;
un tressaillement subit s'empare de lui, il
saisit machinalement le bouton de la porte

et se tient dans cette position, immobile comme un marbre de Paros. A la fin, se rassurant peu à peu, il reprend sa fermeté accoutumée : « — Bath ! se dit-il, après tout il n'a sans doute pas l'intention de m'écorcher vif : Voyons !... » Fort de cette croyance, il pousse la porte et se trouve en face de son juge qui toujours, dans pareille circonstance, paraît lire très attentivement dans un journal ou dans un livre quelconque. L'élève met sa casquette sous le bras, et debout, attend patiemment qu'on veuille bien remarquer sa présence, et s'occuper de lui. La scène reste ainsi sans intérêt un moment... Enfin, le studieux directeur lève la tête, et ses yeux semblent rencontrer, par hasard, l'élève qui se tient dans une posture grotesque et embarrassée.

— Tiens !... vous voilà ! dit-il, en appuyant sur chaque syllabe.

L'écolier se renferme dans un mutisme complet.

— Vous connaissez, je pense, le motif pour lequel je vous fais appeler ?

— Pas encore, monsieur le directeur.

— Je vais vous en donner connaissance... Voici un rapport sur votre compte que m'a envoyé votre maître d'étude.

— Hum ! fait l'élève.

— Et journellement j'en reçois de pareils. Vous êtes donc incorrigible, monsieur !...

— Pardon, monsieur le directeur, c'est que...

— Oui, que vous avez raison et que votre maître à tort, n'est-ce pas ?

— Je ne dis pas cela, monsieur.

— Ecoutez la lecture du rapport ! « M. N.... est un écolier d'une grande dissipation, d'une impertinence analogue et d'une paresse que rien n'égale... » Entendez-vous, monsieur, vous voulez donc vivre sempiternellement dans une crasse ignorance ? Que faudra-t-il que je réponde à vos parents, quand ils me demanderont des renseignements sur votre compte ?

— Monsieur, cependant, je m'occupe pour le moins, autant que mes condisci-

doles , et je ne suis pas plus turbulent
qu'eux...

— Vous voyez pourtant quel est votre
note, et je dois, de préférence, m'en rap-
porter à votre maître d'étude !...

— J'ignore pourquoi monsieur Précaire,
m'en veut à ce point-là ; car, il ne cesse de
me harceler... J'ai beau faire pour le mieux,
Il trouve toujours que je fais plus mal que
les autres...

— M. Précaire est un homme juste et
loyal ; s'il vous donne de mauvaises notes,
c'est parce que vous ne méritez pas les avoir
meilleures !...

—Enfin, monsieur le directeur, d'où vient
que tout le monde se plaint de lui?

—Comment! on se plaint de M. Précaire,
je n'en ai nulle connaissance...

—Si bien, monsieur, que plusieurs élèves
ont écrit à leurs parents de les mettre dans
une autre pension...

— Pourriez-vous me donner la certitude
de ce que vous dites-là?

6

— Assurément, monsieur, moi, un des premiers...

— Votre sortie de chez moi serait un bien pour l'ordre et la tranquillité.

— Puisque j'y suis un obstacle, si vous le jugez convenable, je vais partir à l'instant même.

— Qu'appelez-vous partir à l'instant même ?... Vos parens en sont-ils prévenus ? Eh ! puis, monsieur, cette raison est dénuée de fondement. Vous êtes ici pour travailler à votre éducation, et pour vous conformer aux usages établis.

— Je m'en écarte rarement.

—Vous qui devriez servir d'exemple, comme étant un des plus grands, il m'est pénible de vous adresser de semblables ré—primandes... Allez à l'étude, monsieur ! et qu'à l'avenir, votre conduite m'indemnise des tracasseries que vous me causez !

— Je me conformerai à vos désirs, monsieur le directeur.

Revenu à sa place, l'écolier se pavane ou-trageusement, et ne craint pas de répondre aux questions qui lui sont faites, que le Maître de Pension s'est bien gardé de le mortifier, et que même, il a donné tort au hideux maître de quartier.

Après cette scène, l'équitable Maître de Pension, qui veut faire à chacun sa part de justice, fait citer à son tribunal le trop dévoué bohémien.

— Monsieur, lui dit-il d'un ton grave, on m'a transmis votre rapport contre l'élève un tel ; vous n'ignorez pas que je l'ai admonesté sévèrement, puisque vous avez été témoin que je l'ai fait venir... Mais, vous formez contre lui un mécontentement et des reproches que je crois outrés ; car, voyez-vous, cet élève me paraît soumis et très disposé au travail ; de plus, je vous ferai observer, en passant, que c'est un de ceux qui paient le mieux et le plus exactement.

— Pour vous, cette raison est valable, monsieur ; cependant, vous me permettrez de vous faire remarquer, à mon tour, que, lorsque je fais un rapport, c'est qu'il est mérité, et que je le rédige avec toute la réserve, toute la droiture dont vous me connaissez capable.

— Je ne blâme pas vos intentions, je sais que vous agissez pour le mieux ; mais, évitez autant qne possible de pareilles scènes qui ne laissent pas d'être fort désagréables...

— Alors, monsieur, que faire ?... Vous me privez d'un puissant moyen, les punitions..... Dois-je laisser chacun agir à sa guise ?...

— Ce n'est pas cela ; vous n'y êtes pas !.. Gouvernez par la prudence ; tâchez d'acquérir ce tact convenable à votre position ! Voyez-vous, je voudrais, moi, diriger cent ans des élèves et ne pas les menacer d'une seule punition !..

— Faites-moi part de votre recette, monsieur, j'essaierai de la mettre en pratique.

— Quand on ne connaît pas mieux les devoirs de son état, on se retire, monsieur, un autre sait les comprendre.

— J'ai la conviction que nul ne fera mieux

avec les simples priviléges que vous m'accordez.

— Avec du discernement, on arrive à tout !...

— C'est-à-dire qu'il faut tout tolérer et ne rien réprimer ; c'est là votre vœu. Vous aurez une étude modèle !...

— Je veux que tout aille bien, m'entendez-vous ?... et ne pas apprendre que des élèves adressent des plaintes journalières à leurs parents, ce que je n'aime pas !.. Il faut ensuite que j'intervienne au milieu de tout cela en conciliateur ; je vous dirai que ces explications me fatiguent !

Le pauvre diable sort plus molesté que l'élève. Il se remet à la besogne, et par ordre, devient d'une tolérance qui lui tranquillise l'ame et lui permet d'utiliser en sa faveur des moments qu'il passait à se morfondre d'ennui, à se calciner le sang et à se consumer de désespoir !....

IX

Jour de Sortie.

N jour de sortie est tou-
jours une bonne aubaine
pour le chef de Pension.
Du moins, ce jour-là,
pourra-t-il se goberger
à l'aise, et toutes ces
bouches broyantes n'en-
gloutiront pas son pain.
Aussi, avec quelle ar-
deur ne le désire-t-il pas !... Il y rêve toute

la semaine ; c'est la pensée de tous ses instants. Si ses pensionnaires se promettent des plaisirs et la liberté, lui calcule son bénéfice et ses épargnes. C'est une spéculation comme une autre...

Ce bienheureux instant est toujours fixé au dimanche, comme jour de repos et de joyeuses distractions. Beaucoup de parents peuvent, ce jour-là, suspendre leurs travaux, sans inconvénient, aller déguster le vin des barrières, et permettre à leurs enfants l'exercice des chevaux de bois, l'adresse au tir, le jeu hasardeux des macarons ou l'élégant attelage des chèvres.

Lui, de son côté, muni du jonc à 75 centimes, va étaler ses grâces et faire la belle jambe sur les boulevarts ou autres lieux fréquentés, afin d'attirer l'attention des promeneurs et provoquer les coups de chapeau des connaissances qui pourront se trouver sur son passage. Beaucoup de personnes n'ajoutent aucune importance à ce salut banal, mais le chef d'institution y voit toujours l'hommage du vassal envers son seigneur , le respect de l'ignorance dû à l'homme à talents.

Reprenons cette heureuse journée deb plus haut, dès le matin, notre homme éla--al bore les bulletins de sortie pour tous les écoliers qui en demanderont, diligents ou paresseux, peu importe. Ceux qui ne lui font grâce de sa cuisine que de temps en temps, sont considérés comme de mauvais élèves. Ensuite, ces jours-là, les provisions étant de beaucoup plus maigres qu'à l'ordinaire, quand le nombre des restants excède le calcul qu'on en avait fixé, plusieurs doivent être mis au pain sec, si l'on veut éviter de passer pour cancre. Par ce moyen ingénieux, l'abondance règne, et quelques-uns se restaurent assez bien, pendant que les autres les regardent manger.

Avant d'ouvrir les portes à l'essaim bruyant, chacun doit se disposer à digérer la messe de paroisse, élèves et professeurs. Pourquoi pas ? Naguère les soldats, qui n'étaient pas des écoliers, allaient bien entendre réciter des oraisons avec armes et bagages, eh ! n'a-t-on pas vu, de nos jours, un général suivre les processions un énorme cierge à la main? En attendant que nos vieilles moustaches soient ramenées à cet ancien usage, des écoliers, ce me semble, peuvent bien chanter des psaumes et des versets !...

Le beau mal! d'abord, il y a deux raisons
plausibles pour cela : la première, c'est
que, pour faire connaître une maison, il
faut du bruit, de l'étalage; et cet expédient
porte ses fruits en lui-même. On ouvre à
deux battans la porte cochère; tous les passants voient de la rue le mouvement qui
s'opère dans la cour de l'institution. Les
élèves, deux par deux, sont placés en file, à
la suite les uns des autres, de sorte que le
nombre paraît plus considérable. On a encore le soin de les faire défiler lentement,
et de laisser un grand vide entre les files;
c'est dans cet ordre qu'on arrive à l'église.
Chacun s'y place, d'après son rang de ba-
taille, et doit, la messe durant, s'astreindre
à avoir sous les yeux un livre de prières ou
autre, pour convaincre les dévotes et les
béats que la religion est la base fondamen-
tale de l'institution de monsieur un tel. Ce
charlatanisme éveille l'attention et conduit
souvent à une réussite infaillible.

La deuxième est que les mamans, bien
qu'elles n'aient aucune croyance dans les

cérémonies du culte, paraissent très-en-
thousiastes que leur progéniture soit ber-
cée et élevée dans les statuts du dogme ca-
tholique, apostolique et romain. Elles s'i-
maginent que c'est un salutaire préservatif
contre la contagion... Eh! pendant qu'elles
hantent les spectacles et les bals, n'est-il
pas bien consolant pour elles, de savoir que
leurs tendres poupons jeûnent tout un ca-
rême, psalmodient des cantiques et se con-
forment en tout à la vie ascétique des reli-
gieux !.. Tant qu'ils prient, ils ne pensent
pas à mal ; tant qu'ils sont claustrés, ils
leurs laissent la latitude de se divertir gen-
timent, sans même le soupçonner !.... Oh!
Délice ineffable !.. C'est ainsi qu'on doit élever la jeunesse !

Le Maître de Pension, comme première
autorité, se réserve toujours la place la plus
en évidence à l'église. Ses professeurs sont
disséminés au milieu des élèves, dans le
but d'empêcher les chuchottements, les
espiégleries et pour veiller à ce que leur attitude dénote le ton de la bonne compa-

gnie. Lui, les bras croisés, agenouillé sur
sa chaise, se tient dans un état permanent
de componction et de recueillement. Il cloue
ses regards sur tous les mouvements du
prêtre et, s'il les détourne parfois, ce n'est
que pour les élever à la voûte, en signe
d'extase et de conviction. Du moins, s'il
n'a pas la foi, ses élèves et le public pren-
dront ses momeries comme argent comp-
tant ; et voilà le sens qu'il attache à ses
grimaces... Chacun sa rouerie dans ce bas
monde, chacun sa manière de s'afficher...

L'office fini, il reconduit son monde,
après maintes génuflexions, dans la même
ordonnance qu'il l'avait amené. Quel brou-
haha alors ! quelle cohue !...

Les petits saints de tout à l'heure, sont
soudainement transformés en diablotins.
Ils courent s'emparer de leurs permissions,
ils crient, ils s'appellent, ils se ruent à la
porte comme des déchaînés ; l'allégresse
brille sur tous les fronts et le cœur du *pa-
ternel* Maître de Pension s'épanouit de la
joie la plus pure et la plus vraie. Le débon-

nment a pris son cours ; le garde-manger
restera intact ; la patrie est sauvée !...

X.

Son Humanité.

E chef d'établissement s'arroge impunément le droit de renvoyer inconsidérément de chez lui tout employé qui met de la négligence à remplir ses devoirs ou qu'il juge incapable

lle s'en acquitter avantageusement. Dans
ce cas, honneur à lui, c'est un grand homme!
Mais, je ne puis comprendre qu'il jette à la
rue, par caprice ou par boutade, un malheureux dépourvu de tout, sans qu'il lui laisse
le temps de se procurer une autre place, ou
du moins, sans l'indemniser des moments
qu'il lui fait perdre ; c'est ce qu'il ne fait
pas : alors, horreur, abomination , scandale ! L'égoïsme le plus abject s'est enra-
ciné dans le cœur du Maître de Pension, et
ses entrailles sont devenues sourdes au cri
de la nature.

Quelqu'un lui déplaît-il, il le congédie
sans rémission comme sans égards, et dans
le plus bref délai. Mais sa manière d'en venir à ses fins diffère de celles de tout le
monde. Il dépose mystérieusement chez son
concierge une lettre de remercîment, formulée dans le goût que nous lui connaissons
déjà, et il y ajoute l'arriéré des émoluments,
avec ordre de ne point laisser pénétrer plus
avant le pauvre exclu. Nous donnons pour
raison à cette tactique à part le mépris

qu'il porte à ses inférieurs, et la crainte d'en venir à des explications où souvent il n'aurait pas l'avantage.

Cependant, voyez un peu l'arbitraire!... lorsqu'un employé désire se retirer de lui-même, soit pour cause d'affaires pressées ou pour un motif quelconque, le Maître de Pension exige, sous peine de retenir par devers lui le prix des sueurs du malheureux, qu'il lui accorde huitaine, c'est-à-dire le temps voulu pour faire choix d'un autre employé, qui soit mis au courant par le démissionnaire. Tout prétexte, plausible ou non, est inutile; il faut ce temps-là, on ne veut en rien rabattre!... Et, le serf patient, pour emporter quelques sous de plus, consent à ramer, huit jours encore la galère.

Tant qu'on n'a qu'à se glorifier de l'aptitude et des bons offices d'un homme, on le considère comme une machine utile et nécessaire. Mais, qu'il se tienne bien sur le qui-vive! car un oubli d'un instant ou un retard de quelques secondes ne pourrait être racheté par des années de bons oyaux services. Le régent n'a de prix qu'autant qu'il est l'esclave de la routine. Il doit être un régulateur parfait, et suivre le cours du soleil dans toutes ses variations et ses péripéties, sans quoi, point d'excuse. Même servitude pour lui que pour le gardien de la cour.

A part cet assujettissement, l'employé instituteur ne doit jamais se plaindre de la plus légère indisposition ; c'est un cas patent de réforme. D'ailleurs, ce serait trop de tracas pour le chef d'établissement, s'il était obligé d'entrer dans ses migraines, ses rhumes et ses affections de poitrine. Le Maître de pension ne connait que les hommes sains, robustes et bien portants. Aussi pourquoi dame nature n'a-t-elle pas fait une exception en faveur des régents et des maîtres de quartier ! elle est bien inconséquente dans ses caprices, il faut en convenir !...

Sitôt qu'un employé devient grabataire, le Maître de Pension qui n'avait pas spécifié ce cas dans ses conditions, se transporte

à la hâte auprès du souffrant, très-ferré sur
ce qu'il va lui dire :

— Eh ! bien, monsieur, vous êtes malade ?

— Ce ne sera rien, monsieur le directeur,
je ne ressens qu'une légère indisposition.

— Diable ! diable !... c'est que, voyez-
vous, si vous alliez être malade maintenant,
ce serait bien gênant.

— Tranquillisez-vous, un peu de repos
suffira pour me rétablir.

— Je le veux bien ; mais, préparer des ti-
sanes, des médicaments, s'assujettir aux vi-
sites d'un médecin, tout cela ne peut se
faire ici ; et, si vous voulez m'en croire, le
parti le plus simple est de vous faire trans-
porter à l'hospice.

— Ho! monsieur, mon état n'est pas assez désespéré.

— Il peut le devenir.

— Ce n'est guère présumable ; et puis
un dérangement empirerait ma position.

— Je n'envisage pas la chose dans le
même sens, vous aurez des soins là-bas

qu'on ne peut vous donner ici. Au surplus, dès l'instant de vous suspendez vos occupations, je ne dois plus compter sur vous, et je vous fais remplacer.

— Tous mes collègues se prêteront volontiers au sacrifice de remplir mes fonctions pendant que je serai alité, et je sais que je puis me fonder sur leur promesse, à titre de revanche pour l'avenir. Je les remercie d'avance de leurs bons offices pour moi.

— Toutes ces raisons ne me satisfont qu'à demi, vous ne pouvez continuer vos fonctions, je ne dois plus compter sur vous; vous irez à l'hôpital, et je vais, de mon côté, écrire à mon ami l'Ecornifleur, pour qu'il m'envoie un suppléant.

L'instant d'après, deux domestiques arrivent pourvus d'un brancard. Le pauvre grabataire est placé dessus, malgré ses plaintes, ses larmes et ses prières ; on le dérobe scrupuleusement à tous les regards ; puis, ils se dirigent, avec leur fardeau, du côté de la maison de refuge, dernier recours des malheureux. Mais, pas un ami, pas une ame charitable qui accompagne ce jouet des vicissitudes humaines. Et, sans la pensée sublime qui institua ces lieux d'asile, cette victime de l'infortune se verrait abandonnée dans un carrefour, en attendant la commisération des passants.

Voilà pourtant le salaire qu'on réserve à tout homme, qui a délâbré, usé sa santé au service d'autrui. On le repousse dédaigneusement au moment où il aurait besoin d'un des cent mille services qu'il a rendus!... C'est l'humanité du dix-neuvième siècle... Hordes de sauvages qui peuplez le désert, ne cherchez jamais à vous civiliser, vous deviendriez cent fois plus barbares que vous n'êtes dans votre état primitif!...

Le pauvre délaissé se sent quelquefois rétabli peu de jours après ; mais qu'il ne prétende pas se voir réintégré dans ses anciennes fonctions ; non, un autre lui a été substitué incontinent, et lui n'est plus bon à rien. Parfois aussi, il meurt de chagrin et d'ennui, dans ce réceptacle des mi-

...sères humaines, dont le nom seul a brisé
toutes ses facultés physiques et morales, et
l'on ne sait laquelle de ces deux positions
on doit le plus envier : la mort ou la faim !

XI.

Huit jours avant la Distribution des Prix.

l'approche des
vacances, le
chef d'institu-
tion ne man-
que jamais ,,
pour éveiller la
sollicitude pu-
blique, d'annoncer pompeusement une dis-

ntribution des prix. C'est une récompense des travaux de l'année scolaire et un *adieu* convenable. Mais, comme la quantité des livres à donner est considérable et qu'on n'est pas d'avis de faire beaucoup de dépenses, il faut aviser à un moyen de se les procurer au dernier rabais. Pour cela, il passe en revue les étalages de tous les bouquinistes

achète par ci par là quelque œuvre incomplète ou un peu surannée, et, de cette manière forme sa collection. Dans ce cas, l'oc-

casion fait le choix. Et voilà notre homme e
satisfait de son excursion et heureux d'en m
être quitte à si bon marché.

Dans tout, il faut ménager les convenan--n
ces, aussi, ne néglige-t-il pas, toutes ses

emplettes réunies, de convoquer ses professeurs en conciliabule particulier. Ce ma-
nège n'a point pour but de recueillir leurs
suffrages, mais bien plutôt pour faire parade d'un vain décorum d'équité. Tous ad-
jugent les récompenses à qui de droit, et
selon le mérite. Lui, qui n'en fera rien, feint
d'abord de se ranger à leur opinion, par
pure condescendance ; puis, tout-à-coup,
sentant sa supériorité, il ne craint pas de
les contrecarrer par des syllogismes spécieux, et des observations auxquelles personne ne s'attendait :

— Vous voulez, messieurs, dit-il, d'un
ton de maître, que je sanctionne vos conclusions, ce qu'il n'est pas de ma dignité
de faire ; après tout, vous n'ignorez pas que,
moi seul ici, j'ai voix délibérative... Parlons clair et parlons bien : vous penchez à
ce que tous les prix soient répartis entre
ces élèves dout je suis le moins rétribué,
est-ce légal ?... Ne vaut-il pas mieux, ce
me semble, en gratifier ceux qui savent les
apprécier et les payer ?... Que je donne

quelques volumes au fils d'un cocher de fiacre
ou d'un homme de peine, que m'en revien-
dra-t-il? pas la moindre gratitude, pas le
plus minime bénéfice !... Je sais, pourtant,
comme vous que ce ne sont guère les enfants des notabilités qui acquièrent le plus
de talents, on en a toujours eu la triste
épreuve ; mais, du moins, ces gens-là peuvent faire des frais et nous devons les attirer par des hochets qui deviennent de lu-
cratifs appeaux... Voici ma manière de voir,
manière que j'ai constamment mise en pratique.

— Je ne vois pas, alors, la nécessité de
nous demander conseil, se permet d'ajouter, d'un ton bref, le plus indépendant des
régents.

— Ah ! vous n'en comprenez pas l'importance, eh ! bien, la voilà : c'est d'abord une
formalité à remplir, car, pour éviter toute
contestation, devez-vous être prévenus de
ce qui aura lieu ; ensuite, cette réunion
produit un bon effet, en ce que je me base
pour les accessits et les prix secondaires......

suivons la grande maxime : quand on sème
dans un terrain fertile, la récolte est toujours belle ; si l'on cultive une terre pier-
reuse, graveleuse, les ronces absorbent le
bon grain et toute peine est perdue.

— Vous marchez, monsieur, d'après le
système actuel ; élever et gratifier les inca-
pacités et neutraliser les talents...

— C'est la grande politique du dix-neuvième siècle.

— Pourtant, on peut, selon moi, se montrer un peu circonspect dans le choix et
légaliser les prétentions... Voulez-vous que
le fils de monsieur un tel, parce que son
père occupe un poste éminent, remporte
tous les premiers prix de sa division ? je ne
sais pas trop à quel titre ; car, vous
n'ignorez pas que cet élève m'a mécontenté
au suprême degré par ses leçons non réci-
tées, ses devoirs très négligés et ses com-
positions qui fourmillaient de fautes... Eh !
voulais-je lui en faire l'observation ? il me
répondait arrogamment qu'il n'avait nul be_
soin de s'instruire, vu que son père lui lais-

serait un jour assez de fortune pour vivre oisif et que son nom porterait avec lui le cachet du génie et de la faveur... Puis il s'oubliait à me corner aux oreilles des monceaux de platitudes dépourvues de sens et de raison !... Jugez-vous cette ineptie digne de récompense?... A vous à prononcer !... Quant à moi, je m'oppose virtuellement et de tout mon faible crédit à ce que son nom retentisse le jour de la solennité ; il n'en est pas digne !...

— Vous ne voyez pas les choses du bon côté...

— Je les vois d'après la justice et l'équité...

— Votre raisonnement ne me dissuadera pas ; je suis le maître ; je l'ai ainsi résolu et cela sera !...

— Pas avec mon approbation.

— Je saurai m'en dispenser.

— Mais, monsieur, agissez en conscience ! voyez le cahier des places de composition ; il n'a jamais été qu'au dernier rang !...

— Passons à un autre... Le fils du limonadier est un assez bon petit sujet, que pourrons-nous lui donner? le deuxième prix de grammaire?..

— Je penchèrais pour qu'il eût le premier.

— Non, faisons mieux : décernons lui le prix de sagesse, cela flattera davantage ses parents... Les riches sont exempts de cette qualité ; aux prolétaires les mœurs, la soumission...

— Le fils du juge de paix doit avoir sa cote-part à votre munificence.

— Oh ! ne croyez pas que je l'oublie !... On ne sait de qui l'on peut avoir besoin, dans le siècle où nous vivons... Naguère encore il a jugé en ma faveur une cause assez épineuse... Nous le couvrirons de lauriers.

— L'enfant du maire est aussi...

— Pour celui-là, je savais, dès son entrée dans mon établissement, ce que je lui destinais à la fin de l'année... le prix d'excellence ! mot qui sonne bien à l'oreille... et, dans l'appréhension que le commissaire de police ne manifestât quelquefois de la jalousie, nous allons, cette année, créer un prix partagé... Deux prix d'excellence !...

C'est remarquable!... le concours général
n'en fournit qu'un tous les ans...

— Quel encouragement donnerez-vous à
l'enfant du vigneron? vous n'ignorez pas
qu'il a huit premières.

— Pour celui-là, ce serait du bien perdu,
son père ne sachant ni lire ni écrire...

— C'est un de vos meilleurs élèves...

— Bath!... il n'en reviendra pas moins à
la rentrée... Voilà, messieurs, le motif de
notre réunion; vous pouvez maintenant aller vaquer à vos occupations.

Tout le monde parti, le directeur en jupons vient connaître l'issue des débats.

— Tu ne croirais jamais, ma chère, le
mal que je me suis donné à faire entendre
raison à ces messieurs, dit le débonnaire
directeur; toujours ils se montrent opposés
à mes sentiments; et, si je n'avais pas eu
assez de fermeté, assez de présence d'esprit,
pour repousser leurs conclusions, à la rentrée nous n'eussions pas eu un seul élève.

— Bravo! mon chéri; montre-toi toujours homme et maître! Je n'autorisais pas

oce comité, tu le sais, mais tu l'as exigé
qpour le bien public, je me suis conformée à
ettes désirs. Dorénavant, qu'il n'en soit plus
isainsi ; nous possédons assez de discerne-
mment pour juger des choses, nous ferons
ottout par nous-même.

— Tu as raison ; mais sois bien convain-
ocue que je n'ai rien changé à nos clauses,
mmalgré leur mécontentement.

— N'est-ce pas bien fâcheux !.. ces mes-

sieurs qui voudraient dominer !... Comme
si la légende des professeurs était épuisée !
Va, s'ils se fâchent, nous en trouverons
d'autres.

— Eh ! bien, tu parles juste, Bichette !
Néanmoins, ils me placeraient dans une
cruelle alternative, s'ils venaient à se dé-
mettre subitement de leurs attributions.

— Sois sans inquiétude, mon loup-loup,
ils n'en ont guère l'intention, persuadés
qu'ils y perdraient plus que nous. D'ailleurs,
ne savent-ils pas que les employés surabon-
dent, et que les emplois sont rares ?

— Tu es mon ange consolateur, ma
chatte, d'après nos sages combinaisons et
nos vues larges, tout le monde sera en-
chanté, même ceux qui se retireront les
mains vides.

Il est des Maîtres de Pension qui, au lieu
de livres, distribuent des médailles de forme
ovale ou ronde, soit par système d'épar-
gne, soit par une gloriole moins éphémère.
Sur un des revers se trouve frappé le buste
du grand homme, avec une épigraphe en

e son honneur ; sur l'autre, on distingue tous
les titres généalogiques de l'établissement,
l'année de sa fondation, le patronage des
hommes illustres qui ont coopéré à sa re-
nommée, les succès obtenus, les préroga-
tives accordées et le millésime de l'année
courante, année de grâce et de lucre. Sur
l'exergue, quelquefois le nom de l'élève.
C'est une flatteuse prévoyance, les enfants
étant plus glorieux d'un morceau de métal
que d'un précieux ouvrage qu'ils ne liraient
pas, après tout, puisque, en sortant de là,
leur éducation est au plus grand complet.
Quel besoin de savoir ce qui a pullulé dans
le cerveau des autres !... Et quel profit re-
tireraient-ils de ce galimatias hétéroclite!
niaiseries, futilités !.. Parlez-moi d'une médaille, à la bonne heure ! ceci parle aux
yeux, ceci ne vieillit pas ; on peut le porter
sur soi sans surcharge, et le transmettre intact à ses arrières-neveux, la dent du ver-
misseau n'y a aucune prise ! Voyez la saga-
cité qui préside à tout cela ! Pour flatter
l'amour-propre de notre pauvre espèce hu-

maine, on combine, on pèse, on examine ;
mais, le mobile favori est de tâcher d'arriver à la postérité, n'importe par quelle voie.
Eh ! pourquoi pas? Homère et Virgile y sont
bien parvenus en scandant des trochées et
des dactyles, Alexandre et César, en versant
des flots de sang, Caton, en immolant son
fils, Paul Niquet y arrivera incontestablement en vendant la goutte, et Chicard en

donnant des bals. Pourquoi le Maître de

¶ Pension n'y arriverait-il pas en faisant cou-
ler des médailles? Chacun vise au même
d but et peut y atteindre par des sentiers dif-
férents. En cela, possibilité absolue! Avis
encourageant pour les distributeurs de médailles.

XII

Distribution des Prix.

Nous sommes arrivés au jour le plus solennel de l'établissement. Tout est pavoisé, tapissé, parfumé. On ne voit que fleurs et lauriers pour couronner les jeunes triomphateurs. Athè

nes et Rome n'en décernèrent jamais autant à leurs plus habiles généraux, à leurs
plus fameux législateurs. Des corbeilles en
sont encombrées, des tables couvertes ; et
d'éblouissantes guirlandes décorent en tous
sens les parois de la salle. Il faut éblouir
pour séduire, comme il faut diviser pour
régner, c'est là le grand art, l'art par excellence.

Nous ne dirons rien de l'examen qui précède quelquefois cette solennité ; sachant,
d'une manière indubitable que ce n'est
qu'une momerie d'apparat, où chaque interrogateur sait d'avance à quelles questions tel ou tel élève pourra répondre.

Revenons au sujet de ce chapitre. La
foule arrive à l'heure précitée. Les mamans
étincelantes de bijoux, éblouissantes d'étoffes neuves, prennent place au premier
rang, d'après le code de la galanterie française : au sexe faible, honneur et protection. Les papas qui vont à cheval sur l'étiquette, se contentent des derniers gradins,
et souvent même se tiennent debout.

Parmi ses nombreux visiteurs, le maître de pension compte sur la présence de plusieurs ministres, entre autres de **M. X*****,** ce célèbre professeur d'histoire, dont l'enseignement régit aujourd'hui le monde, et qui fait sentir le poids de sa férule, non seulement à tous les français, mais plus particulièrement à ceux qui veulent s'occuper de propager les lumières. La tendance de ce ministre est de comprimer toutes les intelligences, pourvu que la sienne brille d'un éclat durable, et puisse éloigner toute rivalité.

Le vénérable directeur ne se montre pas encore, parce qu'il convient qu'un personnage de sa qualité se fasse un peu désirer. Mais, afin que personne ne manifeste d'ennui, on a improvisé un orchestre, pour se mettre à la hauteur des sociétés qui sentent tant soit peu leur siècle, et cet orchestre est gagé non pour faire de l'harmonie, mais bien dans l'intention d'apaiser les caquets, et de faire patienter plus convenablement.

La gracieuse directrice qui s'imagine rem-

placer avantageusement son mari se donne
un mal infini ; elle est partout, elle va, elle

vient, elle se confond en courbettes et galan-
teries, au risque d'en attraper un éternel

torticolis. Voyez ce sourire suave et mielleux qui se dessine sur ses lèvres ! Exami-
nez ces coups-d'œil de satisfaction et de
bonheur dont elle gratifie tous ceux qui
l'approchent ! Applaudissez à ces gestes
étudiés, à ces contorsions qu'elle croit de
bon goût, en femme qui veut remplir sa-
vamment son rôle ! Ajoutez à tout cela un
tour superbe de papillottes qui encadre her-
métiquement son front, la robe rose ou lilas,
les manchettes plates, le fichu à dentelles,
les bas blancs, et vous aurez le portrait en
pied de l'intéressante matrone. Elle adresse
des mots faciles et gracieux à tout le monde;
elle a l'aisance de quelqu'un qui fait les
honneurs de sa maison, et vous ne lui ôte-
riez pas de l'idée que tout le monde la
trouve ravissante, admirable : en effet, elle
a tant d'attraits !

Le cher époux, qui a complaisamment
attendu que tout fut calme, paraît enfin en
scène, un énorme rouleau de papier à la
main, la tête nue, et dans l'accoutrement
que nous lui connaissons de vieille date.

et fait une profonde révérence, incline la tête
à droite et à gauche, puis se rend à son es-
trade réservée. De là , il salue encore plusieurs fois. Il déroule sa pancarte avec précaution , et se sent tout ému de parler en
public. Trois fois sa main effleure son front,
il fait entendre un petit toussement , et se
met à débiter des lieux communs qui étaient

connus à Sparte et à Rome, longtemps
avant la création des académies et des mai-
sons d'éducation. Résumons son discours
en deux mots. Des termes élogieux pour les
parents, des préceptes moraux pour les enfants, et l'assurance de redoubler d'ardeur
pour s'acquitter dignement de la mission
que Dieu lui a confiée; voilà le sens suc-
cinct, l'invariable sens de tous les discours
des Maîtres de Pension de toutes les épo-
ques et de tous les pays. Eh! que voulez-
vous qu'il dise autre chose ? Chacun ne peut
donner que ce qu'il a en propre ou d'em-
prunt.

Cette brillante harangue arrivée à sa fin,
il désigne nominalement et successivement
les lauréats. Un professeur est chargé de
remettre galamment les récompenses entre
les mains des mamans qui embrassent avec
effusion le cher objet de leur tendresse, en
lui ceignant le front des palmes triom-
phales. De douces larmes accompagnent
cette cérémonie. Et, je conçois que ce moment éveille bien des sympathies dans la

conviction où elles sont que ce tendre enfant annonce déjà un mérite réel, et qu'elles voient en lui un Hérodote futur. Au milieu de l'enivrement universel, la musique fait doucement battre les cœurs, et des sanglots concentrés suffoquent toutes les poitrines. Quel beau jour pour le Maître de Pension! comme il est grand, éloquent, libéral! On l'aime à l'unisson; on prône son nom; on l'exalte au septième ciel! Lui s'endormira dans sa suprématie, dans toutes ses bouffées de gloire, le cœur débordant de reconnaissance et l'ame enivrée de délices.

Cette délicieuse extase le retient plusieurs jours dans un état passif de somnolence... Réfléchissant, toutefois, que l'extase ne remplit ni le ventre ni la bourse, il se dégourdit peu-à-peu, et se remet en campagne, pour récolter. Il se ménage une entrevue avec tous les parents de ses élèves, démarche qu'il voile du plausible palliatif de civilité; puis, insensiblement il fait rouler la conversation sur l'avantage de son

mode d'enseignement, et il finit par demander si les chers enfants seront toujours
comptés au nombre de ses pensionnaires..
Si on lui promet, il hasarde la proposition
de vanter son établissement devant toutes
les connaissances, ce dont on se charge
volontiers. Tout va bien ; il rentre, et spé-
cule déjà sur trois ou quatre cents élèves
de plus.

Si, parmi la quantité, il s'en rencontre
quelques-uns tant soit peu récalcitrants, il
ne daigne pas s'en effrayer, sachant qu'il a
dans son sac le levier de toute conciliation,
comme Macaire l'expédient de toute four-
berie. Le sien, du moins, est un peu plus
profitable ; il s'impose la prodigalité d'un
dîner que doivent partager tous les papas
rétifs. Dans ce cas, point ne lésinerie ; on
sacrifie le veau gras, le nectar coule à plei-
nes rasades, les desserts sont copieux et
choisis, le Moka est parfumé, qui pourrait
se montrer insensible à tant de prévenan-
ces ! L'éloge de l'hôte vole de bouche en
bouche ; on l'estime, on le considère plus

ᴜque jamais. Au milieu des fumées de Bac-

lo chus, on se donne l'amicale poignée de
ɯ main, on revient de son erreur, en an-
ɯ nonçant la rentrée des chers enfants, puis
ɪo on se sépare amis, pour le temps et l'éter-
ɪɪ nité. Amen !...

FIN

TABLE

DES MATIÈRES.

	Page.
INTRODUCTION.	5
CHAPITRE I. De l'importance du Maître de Pension.	8
— II. Le Diplôme.	17
— III. Portrait.	26
— IV. Admission d'un élève.	34
— V. Une garde.	46
— VI. Réception d'un employé.	53

Page.

CHAPITRE VII. Visite à l'étude.   66
    —   VIII. Semonce.   77
    —   IX. Jour de sortie.   86
    —   X. Humanité.   94
    —   XI. Huit jours avant la distri-
             bution des prix.   102
    —   XII. Distribution des prix.   116

FIN DE LA TABLE.

www.ingramcontent.com/pod-product-compliance
Ingram Content Group UK Ltd.
Pitfield, Milton Keynes, MK11 3LW, UK
UKHW021232140726
13695UKWH00002B/902